混成オムニバス長編詩

# 幻影陸奥《みちのく》共和国

天瀬裕康

歴史春秋社

混成オムニバス長編詩

# 幻影陸奥《みちのく》共和国

慶応から明治にかけて
夢幻の如く開いて消えた
共和国構想をいだたむ人々へ

# まえがき

いきなり私事を申し上げて恐縮ですが、私が日本ペンクラブに入会する時、推薦者になって頂いたのは歴史作家の故・早乙女貢先生でした。

ひと昔まえは推薦者が二名必要で、そのうち一名はペンクラブの役員でなければなりません。一名は医家芸術クラブの友人が受け持つことになり、もう一名の役員をどうするか相談しているうちに、その友人の師匠格である早乙女先生の名前が出て、早急《さっきゅう》に事が進んでいったのです。

それまで私は、SFらしきものは書いても歴史小説に手を染めたことはありませんが、両者には似たところがあります。近い未来は近い過去に、遠い未来は遠い過去に似ているような気がします。未来（SF）小説と過去（歴史）小説を対比しての発想ですが、これが私を歴史小説に近づけました。

今の日本は特異な時点、変動期にあるような気がしますが、そうした平成三十（二〇一八）年に貴重な体験をしました。その年は「明治維新一五〇年」で、おそらく日本中がその言葉をなんの抵抗もなく使ったと思いますが、会津若松市のある福島県などでは「戊辰《ぼしん》戦争一五〇年」でした。日本史の流れは均一・唯一のものではなかったのではないでしょうか。

早乙女先生の代表作に、『会津士魂』正・続二十一巻という、幕末に「義」を貫いて戊辰戦争で敗れた人たちについての大作があります。私はこのダイジェスト版を、詩的表現を用いて作ろうと思い立ちました。

じつをいうと私は、四年まえに「短詩型SFの会」というものを立ち上げ、年一回『SF詩群』を発刊し、.if（仮定）のある作品を模索しました。

昨年は「原発・福島特集」を上梓しましたが、この会には「俳句も短歌も里謡も漢詩もすべて詩だ」という主張があります。

このオムニバス長編詩でも俳句や短歌だけでなく、漢詩も分かり易いように読み下《くだ》し（日本文の順序にして訓読する）式の詩にして挿入しました。

なお地名に関し、大坂や箱館が大阪及び函館となるのは明治になり少し経ってからですが、後者に統一しました。ご了承下さい。

# 徳川後期以後の元号・西暦対照表

| | 改元前日 | |
|---|---|---|
| 天保一 | （文政十三・十二・十） | 一八三〇年 |
| 弘化一 | （天保十五・十二・二） | 一八四四 |
| 嘉永一 | （弘化五・二・二十八） | 一八四八 |
| 安政一 | （嘉永七・十一・二十七） | 一八五四 |
| 万延一 | （安政七・三・十八） | 一八六〇 |
| 文久一 | （万延二・二・十九） | 一八六一 |
| 元治一 | （文久四・二・二十） | 一八六四 |
| 慶応一 | （元治二・四・七） | 一八六五 |

| | 改元前日 | |
|---|---|---|
| 明治一 | （慶応四・九・八） | 一八六八年 |
| 大正一 | （明治四十五・七・三十） | 一九一二 |
| 昭和一 | （大正十五・十二・二十五） | 一九二六 |
| 平成一 | （昭和六十四・一・七） | 一九八九 |
| 令和一 | （平成三十一・四・三十） | 二〇一九 |

（明治五年までは太陰暦、六年から太陽暦を使用。一部で月日の異同があります）

本書では主として慶応と明治初期が舞台になっております

# 目次

# 序詩　激動の時代へ

永遠な　ものなどなくて　桜舞う
徳川幕府の滅亡も　必然的な流れだろうか
関が原で敗れた西軍兵は　浪人となって四散
江戸時代前期には油井《ゆい》正雪《しょうせつ》・丸橋忠弥の乱があり
江戸中期　秋田の安藤昌益《しょうえき》という医者は農本主義のエコロジスト
仏教・儒教を貶《けな》しただけでなく　すべての世襲制度を否定し
いかなる特権階級も認めぬ　ユートピア的無階級社会を夢想した
江戸後期には　大阪の与力で陽明学者の大塩平八郎が
天保の飢饉の難民救済のため本を売り　乱を起こす

その少しあと　ペリーの黒船がやって来る
嘉永六年六月　西洋式にいえば一八五三年七月のことだ

日本を開港させるため　東インド艦隊を率いて浦賀に来航
大統領の親書を幕府に提出　鎖国を守ってきた幕府は慌てた
彼は翌年　江戸湾に再来航　横浜で和親条約を結ぼうとする
ここでカルチャーショックが起こる　品川沖の黒船の中には
じっさい江戸城本丸が射程内に入る大砲がつんであったから
震えあがった徳川幕府は　開港・貿易へと踏み切ってゆく

ところが　安政三年に締結された
日米修好通商条約は　不平等条約
すぐ容認出来るものではなかった
日本の西南から騒動が起こりだす

この頃幕府を動かしていたのは

彦根藩主にして大老たる井伊直弼《なおすけ》
勅許を待たずに外国と条約を結び
徳川家茂《いえもち》を将軍の継嗣とするなど
独断専行多く一部の反感をかうも
反対者を弾圧し権威維持をはかる

捕らえられた者　数知れず　たとえば――
長州藩士の吉田松陰や　藝州は頼《らい》山陽の第三子である頼三樹三郎《みきさぶろう》
若狭小浜藩士の梅田雲浜《うんぴん》　福井藩士の橋本左内など　その他大勢
一八五八年から翌年にかけ　日本的表現では安政五～六年のこと
いわゆる安政の大獄で　まさかと思われる者まで首を刎ねられた
尊王攘夷派と佐幕開国派が　尊王開国派もまじえて死闘を始める
吉田松陰の松下村塾には　未来幻視で血の気の多い連中が勢揃い

ゲバ学生の火炎瓶闘争なみに　社会不安のうちに打倒幕府を謀る
これに対して「義」による佐幕派も現れるが　市民革命とは違う

幕末不穏なこの時代には　蘭学・蘭方医経由の革命思想家が多い
安藤昌益の共和思想は　地下の水流の如く続いていたのだろうか
水戸藩は井伊大老と衝突した徳川斉昭《なりあき》以来　尊王攘夷派がつよい
反徳川の気運は九州四国にも　じわじわと拡がってゆく
薩摩・佐賀・熊本・土佐　などなど

井伊大老は結局　水戸や薩摩の浪士らにより
万延元年三月の雪の日に　桜田門外で斬殺された
いよいよ欺瞞に満ちた　激動の時代……

# 京都と会津

## 美男子の登場

全国的な飢饉が続き　幕藩体制に危機が近付く天保期
その天保六年　西暦でいえば一八三五年の寒い日に
江戸は四谷の高須藩邸で　こよなく美形の男児が誕生
父は美濃高須藩第十代藩主の松平義建《よしたつ》　徳川本家の姻戚だ
容保《かたもり》と名付けられたこの男児は弘化三年　父の弟の
会津藩第八代藩主松平容敬《かたたか》の養子となった
ここで容保は　徳川へ忠誠を誓うべく家訓を叩きこまれる
会津藩内の男女は　その美少年ぶりに大騒ぎ
会津藩は福島県西部と新潟県・栃木県の一部を含む大藩

容敬は　黒船来航以来の懸案である江戸湾防衛を任された
このため中央政局にもタッチするが　嘉永五年に急逝
養子の容保は　弱冠十八歳であとを継ぎ肥後守《ひごのかみ》

京都では反徳川の騒動が続き　黒船の恐怖も去らぬ乱世だ
そこへ京都守護職任命の話が出る　もちろん容保は断った
飢饉の影響も残っている　自分自身の体調も万全ではない
藩内にも無視出来ぬ反対がある　いささか荷が重いだろう

だが将軍後見職の一橋慶喜《ひとつばしよしのぶ》や
政事総裁職の松平春嶽《しゅんがく》らが口説き
家訓を持ち出し徳川家への忠誠を迫るので　上洛すれば
北狄《ほくてき》の如き野人でなく美男子なので　公卿《くげ》たちは大歓び

自分は必要な人間なのだと　若い容保は思い込む
二十七歳　まだ分別に　やや欠ける

## 京都守護職反対

文久二年七月　会津藩筆頭家老の西郷頼母《たのも》近悳《ちかのり》は
村医者星野参斉《さんさい》の言葉を静かに聞きながら　時折り頷く
「上洛はなんねえ　止《と》めてくなんしょ」
「私もお止めした　だが仕方がないのじゃ」
「殿は病弱《よわかし》だべ　京都では弱《がお》る……」
星野参斉は　ただの村医者で薬師《くすし》の子

父親は　会津の東北にある霊山《りょうぜん》の麓で薬草の栽培
父親の跡を継ぐだけでは面白くない　若い参斉は長崎へ遊学
シーボルトお稲も知っているし　外科技術の習得に励む
適塾に寄って交友を増やす　思想はこの頃に出来上がったらしい
薬師は弟が継いだので　彼は会津若松の郊外で医者の看板を出す
口下手だが腕は確かだとの評判で　西郷頼母も頭痛を治して貰った
それが縁で　容保が京都守護職の件で「鬱」になった時
西郷の口利きもあり城内に呼ばれて　城主の診察をしている
大人しいが時々爆発する性格の弱さが　病弱の背景にあるようだ
診察を済ませると参斉は　あとを漢方の御典医に頼んで退城
彼は格式も丁髷《ちょんまげ》も嫌いで　ずっとオールバックの惣髪にしてきた
しかし家老の頼母とは気が合って　妙な友達付き合いが続く
今度も頼母は迷った挙句　参斉を呼んで意見を求めた

守護職の件　受けてしまえば　おしまいだ
「行ぐとすれば　急がねばな」参斉が言う
「うむ　急がねばなるまい」西郷頼母が応える
蝉が　気ぜわしく鳴いていた

## 守護職拝受

西郷頼母はもう一人の家老　田中土佐とともに城主容保に拝謁
二人で順々切々　「京都守護職は受けぬように」と説得したが
徳川慶喜の推薦もあって　容保はますます拝受の方向へと傾く
「もはやこれまで」と土佐は諦めたが　頼母は執拗に食い下がる
「なりませぬ　慶喜さまは信用出来ませんぞ」とまで意見する

京都所司代は弟の桑名藩主松平定敬《さだあき》　一族で固めるつもりか
費用はどうする？　百姓町人のことは考えないのか？

頼母の言葉に容保は激怒
聞く耳もたぬ　とばかり
頼母は謹慎を仰せつかる
この時　会津の運命暗転

頼母は三十三歳で　参斉は三十九歳の分別盛り

文久二年守護職に就いた容保は二十八歳
それに先立ち大庭《おおば》恭平《きょうへい》が　脱藩者を装い密偵として京都に潜入
長州からは桂小五郎が　乞食姿で情報を収集中だった

初めのあいだ容保は　不逞浪士たちの意見も聞こうとした
だが長州は頻りと挑発　腹を立てた容保は弾圧に乗り出す

この時期に共和制想う者なかりしか東西南北いずこなりとも

ついでにいえば　江戸時代の官位は将軍専権の名誉職名で
会津《あいづ》中将《ちゅうじょう》肥後守《ひごのかみ》容保《かたもり》というように　現実の領地とは無関係
官職は下から侍従・少将・中将・参議（宰相）・中納言・大納言で
参議以上は「卿《きょう》」で呼ばれる
京都守護職は　たまさかの職名だった

# 守護職活躍

# 木像梟首《きょうしゅ》事件

文久三年二月二十三日——
三条大橋から二丁南の川原に　梟《さら》された三つの首
足利幕府初代尊氏《たかうじ》　二代義詮《よしあきら》　三代義満《よしみつ》の木製の首だ
もと洛西等持院に祀られていたのを　盗みだしたもの
ふざけた行為で　徳川幕府を示唆したのだ
守護職松平容保は怒った「犯人一味を残らず捕えよ」
一覧表はすぐ手に入った　密偵大庭恭平からの文によると
この中に江戸の町医者はいたが　長州の浪人はいない
首謀者二人はすぐ逃げたから　一網打尽とはいいかねるが

ともあれ戦果を挙げたものの　処罰が思うように進まない
尊王攘夷派が蔭で操っており　幕府側さえ不問を願ったが
一味の中に大庭がいたことが　容保を激怒させ極刑を下す

大庭恭平は他藩出身のためか　会津訛が少なく密偵に適す
そのうち勤王派に感化されて　木像梟首事件で無期刑だが
漢詩人としての側面もあった　単純でない彼の内宇宙には
反封建性や共和制への希求が　渦を巻いていたかもしれぬ

この頃たまたま京の町外れに　会津の剣客佐々木只《ただ》三郎《さぶろう》が
近藤勇や芹沢《せりざわ》鴨《かも》たちとともに　旅装を解きかけていた
京の治安を守るためでも　非武士に手柄を渡してよいのか？
只三郎の弟源四郎は見廻組の　隊士となって暴れるが

会津はいつしか滅亡の淵へ　一歩踏み出していたのだろう

## 清河八郎と殺し屋たち

尊王攘夷は　長州が本場のように思われがちだが
東北庄内藩の郷士の倅　文政十三年生まれの清河八郎も魁《さきがけ》だ
北辰一刀流の剣士で文筆弁舌に優れたが　ペテン師的な面もある
佐幕派的な浪士を集めて上京するが　京都に着くと尊王攘夷宣言
最初から幕府を利用するつもりだったのか　再び江戸へ向かう
企むところは　横浜外人居留地の焼討ちらしい

ここで芹沢鴨や近藤勇らは　清河と袂を分ち京に残ったが

芹沢は粗暴で許せぬ振舞い多く　このままでは全体に傷がつくと
土方歳三《ひじかたとしぞう》や沖田総司《そうじ》らが　寝込みを襲って斬り殺した
あとは近藤勇が新選組局長となり　精鋭部隊が誕生

この頃京の都では　血腥《なまぐさ》い事件が続いていた
西洋学の佐久間象山を襲ったのは　肥後熊本の人斬り河上彦斉《げんさい》と
隠岐の松浦寅太郎だったらしい

攘夷派の公卿姉小路公知《あねがこうじきんとも》は　内裏《だいり》東北隅の猿ヶ辻で襲われて死亡
犯人について長州藩系は「佐幕派だ」と言い　幕府側は否定する
ところがなんと下手人は　薩摩藩の田中雄平で取調べ直前に自刃
姉小路は攘夷から開国になりかけていたが　総ては闇に包まれた

文久二年　伏見の寺田屋で起きた騒動は薩摩藩内の衝突だが
元治元年の池田屋事件は　多くの浪士や取締り方が関与した
壮絶な大捕物で大剣戟　新選組の働きを告げる話が多いけれど
会津藩士も出撃している「ごせやげる」「梟首してやんべえ」と
会津弁発して奮戦したが　死傷者は三十九人で一番多い

京都守護職の配下には　幕臣による治安維持の京都見廻組もある
与頭《くみがしら》の佐々木只三郎は　会津武士で旗本の養子になったエリート
日本一の腕で文久三年　清河八郎を追って一刀の下に斬り捨てた
誰《た》がための腕の冴にや只三郎　会津を窮地に落とす剣かも

# 蛤御門の血戦

京都御所内では　長州寄りの公卿が勢力を伸ばしていた
佐幕派は文久三年八月十八日深夜　クーデターを起こす
会津藩士は用意を整えた「長州は口惜しがるだべし」
一行は容保を護衛し御所に赴く「提灯は要らねがな」
「松明《たいまつ》は沢山《うんと》用意していくべし」かくして政変は成功

三条実美《さねとみ》ら七卿は雨の中を都落ち　長州の中で再起の密議
態勢を立て直した長州と公卿は　山陽道を京へ向かう
総指揮官は豪勇の来島《きじま》又兵衛　おまけに鉄砲も長州のほうが新しい

攘夷を口にしながらも実態は　反攘夷行為をしているのだろう
蛤御門は一度破られたものの　会津が反撃したし驚いたことには
薩摩勢が砲門を長州に向ける　川路利良《かわじとしよし》の狙撃で来島が戦死
蛤御門の決戦は血みどろ熾烈　ここで戦況一転し長州軍は総崩れ
三条の六角《ろっかく》獄舎につながれた　同志三十三名らの奪還も儘ならず

過激派虜囚の三十三名は　すべて新選組が処刑した
征長軍がひしひしと迫る　長州の犠牲は将《まさ》に大きい
三家老の首は塩漬けとし　参謀四名も斬首になった
この恨み戊辰戦後に　虎落笛《もがりぶえ》

# 薩長同盟の怪

# 長州征伐と高杉晋作

長州兵敗走の二日後には　長州征伐の勅命が幕府へと下った
西国の討幕派弾圧のため　幕府は全日本に号令し大軍を動員
英仏蘭米の四ヵ国軍艦も　幕府の依頼を受け長征に参加する
さあ大変だ長州の運命は　ここで意外性のある男が決起した

軽薄変人などじゃない　上海帰りの超人《エスパー》高杉晋作
散切頭《ざんぎり》で三味線を片手　懐にピストル腰には名刀
攘夷不能で幕府も嫌い　丁髷の奴らはみんなダメ
面白きことのなき世を変えねばならぬ　と嘯《うそぶ》いた

怨敵薩摩と手を握る手筈はついた　蛤御門の件は忘れよう
外国艦隊との交渉はハッタリ半分　長州代表として話をつけた
あとは幕府軍を迎え討つだけ　そんなことなら奇兵隊にまかせろ
徳川幕府は老木の如く　京都守護職は時代錯誤の生きた化石だ

じつのところ　なぜか幕府軍は盛り上がらなかった
ぐずぐずしている間に長州は立ち直り　反攻の気配さえ見える
守護職容保の苦労を　江戸の幕閣は理解しているのだろうか？
幕閣の中には松平容保を　よく思わぬ者もいるらしかった
そのくせ辞めようとすると　あの手この手で慰留する
駿府のあたりに移封するのは如何　といった話も出た
江戸城は伏魔殿の如くになり　将軍は軟弱化しきっている
佐幕の会津に開明派は少なく　儒教と保守武断だけが美徳

晋作のような桁外れな男は　理解も想像も出来はすまい

## フィクサー坂本龍馬

歴史は時に意外な有名人を生む　幕末の坂本龍馬もその一人
天保六年　土佐藩の下級武士の家に五番目の子として生まれ
ヨーロッパという綽名の縁類の者から　世界の話を聞いて育ち
十九歳で江戸の千葉道場に入門　帰国後は土佐勤王党に入る

萩の久坂玄瑞《くさかげんずい》から　今後は在野の人々の時代と教えられ脱藩
勝海舟の弟子となり海軍を勉強し　勝の使いで西郷隆盛に会う
勝は幕府の怒りを買うが　龍馬は最初の商社・亀山社中を作り

仲の悪い薩摩と長州の手を結ばせ薩長同盟に成功

同盟成立二日後　伏見の寺田屋にいた龍馬は役人に襲われたが
この家の養女お龍《りょう》の機転と　警護していた長州の三吉慎蔵《みよししんぞう》の助け
さらには高杉晋作に貰ったピストルで命拾い　薩摩屋敷に逃げ込み
西郷や小松帯刀《たてわき》の奨めもあって　霧島へ治療かたがた新婚旅行

ところが慶応三年十一月十五日の夜　今度は近江屋にて
京都守護職配下の見廻組の　誰かによって斬殺された
龍馬は交際が広く思考は柔軟　フリーメーソンとの説もある
公武合体・大政奉還のあとに　共和制を考えていたかもしれぬ
多重世界のように西帝国と東共和国の共存も　可能性はあったのに……

# 闇の中

会津中将容保が　無理をしてでも守護職を続けたのは
なによりも　孝明天皇の信任が厚かったからだ
だがその天皇が崩御された　病弱だけれど暗殺説もある
その容疑者は攘夷派の公卿　岩倉具視《ともみ》とか

岩倉は貧乏公卿の子　岩倉具慶《ともやす》の養子となり十四歳で昇殿
初めは公武合体論で　のちに攘夷討幕派の三条実美と握手
幕府と長州の対立で　薩摩が勢いをもちだすとこれに接近
公儀は目をつけたが　岩倉は討幕派の公卿を復活させ対抗

新選組では伊東甲子太郎《かしたろう》が　薩摩に通じ御陵衛士《えじ》となり
腹心十三人を連れて去った　どうにもならぬと思いきや
造反者の中の斎藤一《はじめ》は　じつは土方が潜入させたもの
伊東も腹心を残したが　土方が見破って東側の勝

西では薩長と公卿が　クーデター計画を練り直し
征夷大将軍を廃して　王政復古を宣言
徳川慶喜は　大政奉還でしっぺ返し
反抗を待っていた薩長は　想定外の当て外れ

鬼あざみ　暴徒は群れて　民主制

会津の側では　神保修理《じんぼしゅり》が開明派の立場から

陸奥《みちのく》へ戦火が及ばぬよう　頑張っていたが
庄内藩士が江戸の薩摩屋敷に　大砲を打ち込んだ
これがなければ　戊辰戦争は勃発せず
会津の悲劇は防げたかも……

# 戊辰戦争始まる

# 鳥羽伏見の戦い

干支は戊辰の　慶応四年一月三日
新暦に直せば　一八六八年一月二十七日――
薩摩討伐を名目に　大阪より京都に攻め上る幕府の東軍と
薩長中心の西軍が　京都南方の鳥羽・伏見・淀で激突

鳥羽伏見なぜ戦わねばならぬのか　義という文字が虚しく揺れる

伏見や淀は　淀川や鳥羽街道を介して大阪に繋がる交通の要所
大阪を本拠地にしていた東軍は京都に向かう途中で西軍と遭う
淀川上流の桂川と鳥羽街道沿いにある妙教寺は銃砲戦に晒され

住職は「銃丸雨の如くことごとくこの寺に集まる」と書き残す

会津勢は別選隊の佐川官兵衛が　奮戦するも死傷多く
幕府老中職にある稲葉《いなば》正邦《まさくに》の　淀城に入って抵抗しようと
開門を求めたが　淀藩はかたくなに「開門せず」を繰り返す
「裏切ったか⁉」　会津からすれば　そう見える
だが稲葉は　以前から幕府の命令に従っていない
淀城を慶喜の寝所に求められると　城外の明親校を当てている
前線拠点に指定されると拒否した　裏切りではなく中立だ

淀城が京—大阪間の軍事拠点で　西国大名の監視所だったから
藩主は徳川譜代の大名が就任していた　だが民衆の目線は違う
大名行列その他により　西軍諸国からの経済恩恵は少なくない

領民の意向を汲み　幕府の命令に抗した稲葉は名君ではないか
東軍を賊扱いするため西軍は　錦旗を掲げるもこれはイミテーション
岩倉や三条らの公卿と長州が作ったものだが　佐幕派は揺れる

## 元将軍脱出

徳川慶喜は　討幕を目指す薩長との直接対決を避けるため
大政奉還により政権を朝廷に返上したものの　その裏には
朝廷には政権を運営する力がなく　新たな体制のもとでも
徳川家が主導権を握れるはず　という勝手な読みがあった

ところが討幕派は　京都御所にてクーデターを決行
王政復古の号令を発し　天皇中心の新政府樹立を宣言
そこで慶喜は　大阪を拠点に鳥羽伏見の戦いをするが
三分の一の兵力しかない西軍に　まさかの敗北

京南の西隊　東兵を伐《う》ちぬ
銃は刀より　勝負で優《まさ》れり
慶喜将軍は　去就に迷えど
乗船し月下　居城へ北《にげ》たり

慶喜は想う——兵器に差あり　擬《まが》い物でも錦旗まで持つ
もともと関西は敵の地だ　三十六計逃げるに如《し》かず　だが
自分だけが逃げても戦意のある　会津や桑名は戦うだろう

会津公・桑名公を拉致してでも　連れて帰らねば大戦争だ
かくして翌日　キャップ不在の幕府軍は総崩れ
この敗北を見た会津藩は　新しい軍備に切り変えてゆくが
恭順派の神保修理とは別に　戦火の拡大を懼れる者がいた
国許で謹慎中の西郷頼母と　村医者星野参斉の二人

## 徳川慶喜の内宇宙

慶喜が江戸城に帰るとすぐ　やって来たのはレオン・ロッシュ
フランスが第三共和国となるのは少しあと　帝政時代の駐日公使だ
当時　日本周囲の制海権を狙っていたのは英米仏　彼は進言した

「我々が応援します　薩長を叩きましょう」英米には負けられぬのだ
優柔不断と蔑《さげす》まれ　味方を置き去りにした臆病者と誹《そし》られながらも
慶喜は断固として　これを断った　内乱が続けば外国の餌食になるだろう
ロッシュと仲のいい外国奉行小《お》栗《ぐり》上野介《こうずけのすけ》忠順《ただまさ》は　慶喜の袴を引っ張って
「戦いましょう」と訴えるが　慶喜はこれをも蹴とばした

人には時による立場がある
現在は　賊軍にならぬこと
だが今の　薩長の様子では
どうやらそれも　危なげだ

そもそも大政奉還は　徳川・公卿・諸藩主を束ねた

連合政権を目指したもの　下々の者は入っていない
だが上々の者だけで　世界に伍する日本が作れるか
若い頃には放蕩もした　慶喜には市民の力も分かる
今の直参旗本らには　町人ほどのバイタリティなく
未来を切り開くビジョンもない　それなら　いっそ
市民も入れた　世襲制なしの革命政府を作ってみるか
――そこまで考えれば　彼は大政治家だったのだが……

# 江戸開城

# 戦うか恭順か

慶喜が容保と定敬を伴って　大阪から逃げ出した時
容保へのブーイングが起こったが　容保脱出の真相が分かると
薩長西軍への戦意高揚が起こり　恭順派神保修理の立場が悪化
勝海舟と通じていると疑われ　無実の罪にて詰腹を切らされた
会津にて　西郷頼母や星野らの　憂慮せしこと現実となる

おそらく幕末の有名人中　一番頭の良かったのは江戸町奉行で
外国奉行や勘定奉行を歴任した　主戦派の小栗上野介忠順
井伊大老の命による訪米使節　主要三人の中に入ったのが三十二歳
彼が万延元年に帰国すると　井伊は暗殺され国土は荒廃

彼は日本の近代化・工業化を進め　横須賀製鉄・造船所を造り
日本最初の株式会社・兵庫商社を創設　正貨との引き換えが可能な
兌換《だかん》紙幣を発行し　行政的には藩制度の欠陥を感じ　郡県制度も考えた
徳川第一の忠臣だったが　将来の共和制も　視野の中だったかもしれない

ところが慶喜は彼を退け　恭順派の勝海舟を登用・重用《ちょうよう》しだす
勝は西郷との直接談判で　江戸市民と慶喜の命の保証と引き換えに
江戸城明け渡しに同意した　主戦派は怒ったが武器は引き渡す
西軍は　財産も抑えんとしたれども　小栗の采配で金庫は空っぽ

西軍は難癖をつけ忠順を　斬首す　慶応四年の五月

# 「しゃぐま」の影

元京都守護職の松平容保は　慶喜から　江戸にいることを拒まれて
会津若松へ帰ることになる　殿備《しんがりそな》えは　かつて謹慎の身の西郷頼母
頼母の反対を怒り押し切り　上洛した　六年まえは夢の如く去って
千住《せんじゅ》から奥州街道を北上の　容保悲嘆　反西軍の会津兵も悲哀蕭蕭《しょうしょう》

江戸は昔の江戸ならず　薩長土たちの闊歩する
治安は不良の巨大都市　誰が市民を護るのか？

黒ラシャの洋袴に白い兵児帯《へこおび》は　官軍だけど暴力団まがい
巷には能の「石橋《しゃっきょう》」の獅子舞のような　鬘《かつら》を被った者もいる

「しゃぐま」と総称されて　隊長クラスが着けていたが
細分すれば赤は土佐　黒は「こぐま」とも呼び薩摩っぽ用
白は「しぐま」とも称し長州用　どれも重要人物だ
パリを占領したドイツからすれば　レジスタンスの英雄らが
不逞のゴロツキだったように　反西軍佐幕の志士たちは賊だ
亡命先からパリの地下に呼びかけたドゴールの如く
容保が　反西軍として動くやもしれぬという怖れもある
旗本八万騎の中にも　江戸の「治安を守る」と言う者がいた

## 炎の彰義隊《しょうぎたい》

天野八郎は上野国《こうずけのくに》の豪農の生まれ　撃剣を好み文事にも親む

幕臣与力広浜家の養子となるが　斃止《へいし》と号し集団に群れる
そこでは一橋《ひとつばし》の家臣渋沢成一郎が代表になるが　意見が合わず二分裂
片方の代表になった八郎は慶応四年二月　衆議で隊の名を決めた

旧幕府軍は　義の字が好きだ
丁髷・チャンバラ　義の故か
その名は彰義隊　精鋭らしく
斃《たお》れてのち止む西軍を討たん

もとはといえば　征夷大将軍
徳川慶喜の警護などを目的に
天野八郎らにより結成されて
お江戸の治安維持を行なうも

西郷隆盛と勝海舟との会見で
慶応四年四月に江戸城は開城
警護が新政府側の役になると
東西両軍対決の形が　鮮明化

## クールな大村

いつもは静かな　上野の森に
時ならぬ緊張が　走りだす
徳川家の　菩提寺たる寛永寺
旧幕府側の　抵抗派が集う

五月十五日　薩摩・長州・佐賀の新政府軍が包囲網
総参謀は長州の大村益次郎《ますじろう》　元は村医者で抜群の語学
今は最高の戦術家　旗本八万騎なんのその
「官兵三千なら一日であります」と　何事もないように呟く
西郷は大村にまかせっきり　大村は言う「見ちょるがええ」

大村の計算しつくす広いおでこ、既に剣術無用の時代

彰義隊の殲滅は可能なるも　大村は逃げ道を一つ残す
北を開け　包囲の隙間を作ったのだ
逃げる者がいる方がよい……

# 会津と江戸

# 彰義隊余話

旗本で奥詰銃隊にいた丸毛靱負《まるもゆきえ》は　上野戦争で敗れ逃げた一人
生き延びて新聞記者になるが　逃げる途中で天野に会った
天野は江戸に潜み時期を待つ方針　丸毛は日光に行き戦うつもり
夫々別の道を行くことになったが　途中の道は裏切りで一杯

初めは嫌っていた江戸っ子たちも　いつしか新政府軍に慣れてきた
だが西軍の東軍狩りは続く　会津の恭順派だった広沢安任《ひろさわやすとう》は
松平容保の助命嘆願に奔走したが　勝利におごる連中は安任を投獄
容保の弟で桑名の殿様定敬《さだあき》も　京都所司代だったから狙われている

江戸の容保に会うため頼母が会津を発つ時　医者の参斉は
「んじゃな気いつけて　んげ（行け）」と言ったが
関東甲信越すべてが　薩長西軍の支配下に置かれてゆく
容保が江戸を去ったのは慶応四年二月十六日　その三日まえには
会津藩きっての恭順派だった神保修理が　詰腹を切らされている
殿《しんがり》として残った西郷頼母は　平和主義を続けているが不安定な立場

恭順派は他にもいた　会津から出て来た百二十石取りの河原善左衛門
当時の旗本抗戦派は　西軍に抗するにフランスの力を借りようとした
だがこれは将来に禍根を残すに違いない
輪王子宮《りんのうじのみや》を奉じて戦う案もあったが　南北朝のようになると河原は反対
旗本と会津では考えも立場も違うが　旗本の考えに近い者もいた
恭順派は会津抗戦派から狙われるかも知れない

## 追われながらも

容保の帰国に続き　江戸詰めの藩士や家族が帰国の途につく
その途上を　西軍や暴漢に襲われることもある
そうした一行の中には中野竹子らの姉妹もいた　竹子は薙刀の名手
いずれ西軍を相手として　歴史に名を残す

江戸に残った者は　横浜の貿易商エドワード・スネルから
小銃など武器を購入した　それは新式の物ではなかったが
貴重な資材だ　船で新潟まで運び陸揚げし阿賀野川を使おうか
福島県は地勢的に会津・中通り・浜通りに三分される
太平洋沿いの浜通りや奥州街道が貫く中通り辺りには

磐城の平《たいら》藩や棚倉藩　相馬《そうま》中村藩などがあり去就不明
これに対して会津は意外と新潟に近く　日数はかかっても安全だ
船にはエドワードの兄ヘンリーも同乗し　武器の責任輸送をする
またこの船には越後長岡藩の家老　河井継之助《つぎのすけ》も乗っていた
どこかで撃剣の音が聞こえるような日々

幕末の　風雲急にして
会津は　都を防衛せり
闇夜に　剣の火花散り
長薩は　寒い街を伐《う》つ

京都での恨みの深い長州は　とにかく会津を倒さんとし
鳥羽伏見の敗戦を反省した会津は　軍制を改め民へも目を配る

村医参斉の言《げん》を参考に西郷頼母は　領内民衆の意向を聞く
「殿は天子様のために働いたのだべ」
「その軍勢が攻めてくるだど」
「そだのあっかい」
「戦争となりゃ　西軍を殺しに行ぐしかあんめぇ」
町民たちも高揚してきた　ここで民衆蜂起となれば市民革命だが
容保の視野にあるのは武家社会　それ故気になる諸藩の動き

## 団結は可能か

嘗て江戸市中取締りをしていた庄内藩は　組織的な暴力行為が
薩摩藩江戸屋敷を巣としていたのを知り　薩摩屋敷を焼討ちにした

当然ながら薩摩はこれを根に持っている　庄内の男らは皆殺しで
女らは鹿児島に連れ帰って慰み者にする　という噂が流れだす

かくして軍備拡大が始まるが　庄内は酒井左衛門尉《さえもんのじょう》忠篤《ただすみ》十七万石
酒井は大名だけでも六家あり　幕府も譜代大名として扱ってきた
それだけに徳川への心情強く　これまでも会津と同一歩調が多い
水面下の交渉が進んでついに　会庄同盟が成立し次は米沢

米沢藩主の上杉斉憲《なりのり》は　会津や庄内に好意的だった
上杉と会津徳川は親戚　助けたり助けられたり
仙台に上陸した西軍の　横暴さは諸報告で知っている
仙台藩がどうでようと　いつかは薩長と一戦のつもり

これらの動きは頼母にとって　ひどく気になることだった
表面的には会津寄りでも　錦旗のような象徴《シンボル》がない
会津が持っている「徳川の恩」という心情が
はたして共通なものに　なり得るだろうか

# 奥羽越列藩同盟

## 仙台藩の内外

仙台の伊達《だて》中将慶邦《よしくに》から容保に　降伏を奨める親書が届く
朝廷・鎮撫《ちんぶ》総督に対し容保は　最初から恭順の姿勢
従って鶴ヶ城を出て謹慎し　幼少の善徳《よしのり》を藩主にしたが
西軍に対しては頭を下げぬ武装恭順だから　薩長士は納得しない
仙台藩には鎮撫総督府から　「会津を討て」と命令が下った
直接的には下参謀たる長州の世良修蔵《せらしゅうぞう》が　会津殲滅をせき立てる

大藩の仙台には　会津を助けたい親会派と西軍寄りの討会派
心情的には会津に近いが　時の流れは錦旗を持つ西軍に従おうとする
仙台藩士に接する薩長の参謀は　武士の礼儀を弁《わきま》えず傲慢不遜

わけても世良は限度を超え　仙台には「世良誅戮《ちゅうりく》」を謀る壮士も潜む

西郷頼母は政務に復したので　ゆっくり村医参斉と遭うことは出来ぬが
その意見は脳裡深くに納めてあった　参斉の考えはこうだ――
東北諸藩の同盟は生まれるだろうが　高級武士だけの談合で錦旗のような
思想的な纏め役がないから弱い　フランス革命式の民衆蜂起があれば
話は別だが可能性は少なく　古いものは消えてゆくに違いない……
現実に会津では先祖代々の　鎧兜での出陣を考える者さえいた

長州と同じく薩摩も憎悪の対象　錦旗を押し立てた薩摩の隊長が
南部勢によって斬られ　錦旗に火がつけられるという事態も起こった
仙台藩の重役の中には　西軍に阿《おもね》る者もいたが
仙台の有志は世良を川原で斬り　首は阿武隈《あぶくま》川の流れで洗う

その日の朝　白河城は会津によって占領された

## 列藩同盟は生まれたが

会津や出羽国《でわのくに》庄内藩へ
理不尽な進軍をつづける新政府軍
これに抗して陸奥二十五藩は
慶応四年の閏四月　仙台藩支城の白石城《しろいし》で
ついに　奥羽列藩同盟を結成

六十二万石の仙台藩をはじめ　米沢藩　盛岡藩　秋田藩（久保田藩）
二本松藩　弘前藩　棚倉藩　新庄藩　相馬中村藩　三春藩　山形藩　福島藩

上山《かみのやま》藩　一関《いちのせき》藩　磐城《いわき》平《たいら》藩　守山藩　亀田藩　本荘藩　泉藩　八戸《はちのへ》藩
矢島藩　湯長谷《ゆながや》藩　小さい所では一万石の下手渡《しもてど》藩など
会津藩や庄内藩は支援される方だから　ここには書いていない
二万石の天童《てんどう》織田《おだ》藩だけが西軍派だが　よくぞここまで纏まったもの

のちに長岡など越後六藩が加わり
世にいう奥羽越列藩同盟となった
仙台藩の呼び掛けに応じたのだが
烏合の衆的な面が　ないでもない

会津が護る白河城は　危うくなる
西軍は二本松など周辺を陥落させ
会津包囲網を　次第に狭《せば》めてゆく

列藩同盟では　秋田や三春が脱落
領地領民を預かる為政者としては
藩の存続は最重要課題だったのだ

## 頼母敗走

一度は白河城を奪回したものの
今度は西軍来襲に備えねばならぬ会津は
白河口総督に西郷頼母を任命　これに軍事奉行や遊撃隊頭が従った
新選組生き残りの土方歳三や　山口次郎と名を変えた斎藤一もいる
白河口は西軍の東北侵入の要所だから　仙台や棚倉も加勢していた

列藩同盟は「幕府を回復し会津・庄内を助けるためではない」とし
「義兵を挙げるのは君側の奸を掃い　国内の乱を鎮めるため」と言う
ごもっともだが　パンチが足りない

忠義の義の字は　仁義の義の字
誰に見しょとて　肩肘張るのか

錦旗を焼いたくらいなら　いっそ「自由平等博愛」の三色旗を作り
奥羽越共和国でも立ち上げたら如何か？
星野参斉の受け売りだけれど　平和論者の頼母もその考え
しかし身分の高さが災いして　そんなことなど口には出せぬ
だから下級武士が藩を動かし　農工商が多い奇兵隊を擁する長州は
むしろ未来的といえる　最高の参謀大村益次郎にしても医者崩れ

じっさい頼母麾下の会津勢は　負けてしまった
この責任は重大だ　ふつうなら切腹ものだろう
だが首にはされず　それどころか再び第二の要地
勢至堂口《せいしどうぐち》防備総督として　また重責を負わされた

# 風雲北に

# 大鳥圭介進軍

江戸開城後の戦線は北上し　関東地方に拡がってゆく
旧幕府の脱走兵を集めた　大鳥圭介軍二千余が
北進を始めたのは慶応四年四月十二日　戦局は目まぐるしく動く
フランス流の洋式訓練を受けているが　混成軍だから実力不明

下野国《しもつけのくに》壬生《みぶ》藩は　百姓一揆を理由に協力を拒むが
小競り合いでは西軍に勝ち　一つの要衝宇都宮に向かう
宇都宮も農民一揆で荒れていた　城を落とした大鳥は
捕らえられていた農民を牢から出し　没収した金を与えた
高杉晋作なら　そうした農民も兵士にしたかもしれぬが

大鳥はそこまではしていない　彼は赤穂の医者の長男
岡山の閑谷《しずたに》学校で漢学を　大阪の適塾で医学を学び
江戸川塾で砲術を修めたところを　幕府に認められたのだ
並みの旗本とは少し肌合いが違う

会津藩江戸残留組の小池周吾は　五十人ほどで純義隊を作るが
さっそく西軍に負けてしまう　ただし後日の活躍がある
大鳥の別同軍には　松平兵庫頭の貫義隊というのがあった
会義隊という隊もある　東軍は義の字が好きらしい

日光には　前老中の板倉伊賀守勝静《かつきよ》父子がいた
慶喜の水戸引退と同時に　日光山南照院へ謹慎していたのだ
西軍により宇都宮藩に移されたが　大鳥軍により解放される

だが一度手に入れた宇都宮城は　また西軍のものになった
大鳥は日光での戦闘も選択肢に入れていたが　勝静は
「ご神廟を城にしてはならぬ」と猛反対
死せる権現様が文化財を守った　というところだろうか

## 仲間割れを防げ

伊賀守勝静は　備中松山五万石の藩主
農商出身の山田方谷《ほうこく》を抜擢　藩校の学頭とし
財政・軍制改革をして成功　寺社奉行など幕府の要職に就く
鳥羽伏見の戦のあとは　慶喜に従い開陽丸で逃げた
西軍とすれば会津桑名に次ぐ敵だが　柔らかい政治家で戦意はない

大鳥としても手足纏いになるから　会津へ送ることにする
鬼怒《きぬ》川から五十里《いかり》湖畔を通り　山王《さんのう》峠を越す南山街道を行く
関東は徳川のお膝元だったから　百姓町民は好意的だったが
小大名は薩長の顔色を窺い　大鳥隊は疲労が重なっていた

だが会津は　大鳥の本隊が会津に入るのを拒む
会津のいい分も　ある程度は無理もない
容保は辞職謹慎し　詫び状を征東総督府に出しているところ
ここで大鳥軍を会津領に入れれば　謀反の意志ありと取られるだろう
だが大鳥軍の中には会津藩士もいたので　いろんな意見が出る
「考えでくれ　みんな疲れでいる　越後へ抜げることにすればよかべ」
旗本も会津も東軍だ　助け合うべきではないかと言うのだ

「そだらことは分かっとるでなし　だげんじょも　万一……」
「そんどきは腹切ったらいいだべし　このさまを汝《にし》ゃ痛ましうないのけ」
「西軍を食い止めなぐてはなんねえ　会津さ入《へ》っでも一時的なことでなし」
「分かっだ　ご家老に伝えるべし　一緒に行ぐか」

このあと大鳥は萱野権兵衛と会い　山王峠の山川大蔵《おおくら》と相談した
会津は領内で国境を守り　大鳥隊は領外で戦うという分担になる

大鳥は会津にとりて迷惑な　援軍なりや役立たぬまま

この時の負傷者は　星野参斉が治療した
七日後　大鳥は会津領を出て日光口総督

# 奥羽公議府樹立

日光今市の戦い以来　西軍はじりじり北上し
陸奥への関所である白河城は　争奪戦の大目標
東軍は城を包囲したものの　なぜかどうしても占領出来ぬ
元は東軍の城だから内情は分かっているが　纏まりがないのだ
土佐の板垣退助は　なんとしてでも会津への道を攻め上りたい
西軍は　放火・略奪・殺戮など　あらん限りの暴力行為をした

もともと会津への同情から始まった同盟だが
それでは私怨の続きに過ぎず　薩長の新政府に吸収合併されるだろう
これに気付いたのは　仙台藩の玉虫左太夫《たまむしさだゆう》

公用人として永らく京都に在り　動乱を詳しく記録した男
渡米時には大統領に会い　民主主義に感化され『航米日録』を残し
欧米式ＰＲの必要性を痛感し奥羽公議府を作り　それを披瀝
かくして新潟に行き　布告文をプロシア国領事に渡し
他の国々へも仲介して貰うことになる
じつに大きな第一歩　原文は漢文で欧州帰りの者が多国語に翻訳

これによれば奥羽越列藩同盟は　日本における東北主権の確立で
陸奥共和国と称しても　じっさい支障のないものだ
薩長土肥の新政府に対する　奥羽越政府の分離独立宣言なり
だが諸外国に認めさせるには　目前の戦争に勝たねばなるまい！

水は動き雲も流れ

# 奪回困難な白河城

港のない会津は　海の戦いを知らぬ
慶応四年六月十六日　白河城奪回に熱中している間に
汽船三隻に分乗した西軍二千余が　常陸《ひたち》国北東の平潟《ひらかた》近くへ
なんの抵抗も受けずに短艇《バッテイラ》で上陸

浜通りには危機感が拡がり　西の越後口も敗色が濃く
会津と呼応した庄内藩は　秋田藩から攻撃されている
少し前　元旗本の伊庭《いば》八郎や上総請西《じょうさい》藩主の林昌之介が小名浜《おなはま》に上陸し
仙台藩が迎えに出て味方に加えたが　仙台自体の腰が据わっていない

奥羽鎮撫総督の上陸以来　仙台藩の藩論は二つに割れた
それが会津救援へ纏まるのは　過日の世良修三斬殺が影響しているが
六月下旬の軍議で　世良の殺害や奥羽越列藩同盟が間違いだとの論が出て
いきなり救会から討会に　風向きが変わった
六月二十三日の夜は豪雨が来て　仙台では広瀬川の橋が流れ
米沢や相馬が裏切るかもしれぬ　という噂も拡がる

当時の相馬中村藩は六万石　城は馬陵城《ばりょうじょう》ともいう
二月に鳥羽伏見での東軍敗戦を聞くと　すぐさま
家老の佐藤を上洛させ　朝廷に恭順の意を表した
四月に　奥羽鎮撫総督府より会津討伐を命じられ
これを受諾したものの　仙台・米沢の主導により
奥羽列藩が白石で会議を開くと　これには参加し

大藩仙台の意に従って　しぶしぶ同盟に加わった
だが状況は良くない　南のほうでは棚倉《たなぐら》城が落ちる
白河城は　西軍が入ったままだった

## 二本松少年隊

浜通りあたりが　戦場になったのは六月半ばから八月上旬
棚倉を陥落させたのは　長州・土州と忍《おし》藩が主体
仙台・相馬と連合した平《たいら》勢　初戦は勝って
南京《かぼちゃ》を肴に祝杯を挙げたが　結局は落ちる
その途中で「二本松危うし」との噂が流れた

白河城を攻めていた二本松の精鋭は　浮足立つ
西郷頼母は白河口総督を解任され　福島へ廻される
この間に　三春や二本松に危機が訪れた
三春の恭順派は河野広中　入城したのは土佐の板垣退助

二本松へ攻めて行くには　阿武隈川を渡らねばならない
近くの高台は軍学師範が　僅か一個小隊で守っていたが
銃砲の差もあって全滅し　城も落城寸前となる
この時の戦いでは　城の内外で　少年隊が大活躍

組織されたのは三春の降伏後　精鋭が白河城から戻るまえ
制服を作る余裕はなかったし　隊名も付いていなかった
十五歳以上としたが　十二歳もいたという

各自　城へと　駆けつける

十四歳の成田才次郎は　運悪く敵兵に見付かった
見上げれば　白い「しゃぐま」帽をかぶった巨漢
「小僧か⁉ 撃つな！」長州隊長白井小四郎が叫ぶ
だが少年はダッシュ　諸手突きで敵将の脇腹を刺す
「不覚！」隊長が呻き　従者が至近距離から撃つ
少年の体は崩れ落ち　二度と動くことはなかった

隊長は　少年兵を　救おうとしたのだ
しかし戦場のムードが　それを妨げた

# 信濃川水系にて

筑後の農家の出で幕臣となった古谷作左衛門は
ヘボン博士について英語を学び　『歩兵操練図解』などを訳している
幕府が倒れたあとは衝鋒隊を組織し　関東各地を転戦した
腹心の今井信郎《のぶお》は　見廻組が坂本龍馬を切った時の見張り役

その古谷が信濃から越《こし》の国へ　千曲川・信濃川沿いに移動し
南会津へ向かう途中　白河城攻めを罷免された西郷頼母とすれ違った
頼母は死に場所を求め　西に迂回しながら福島へ向かっていたのだ
彼の胸中では　この数年のことが虚しく去来する

頼母は　いるはずのない村医　星野参斉に語りかけていた
〈国境に来ると　いつも思うのだ　国だとか藩だとか区別しても
山や樹は　おかまいなしだ　人間が作った区分など考えてもみぬ
武士だの町人という差別もない　両刀を捨てれば気が楽だろうな〉
「腑分けしだらば公卿も百姓も同じだべ　議会制にすればよかっぺ」
幻聴かテレパシーか　遠くから参斉が応えたようだ
〈長岡の河井継之助《つぎのすけ》は　永世中立国を作りたいらしい〉　頼母は想う

心の迷いの谺《こだま》であろうか
時おり川のせせらぎが
聞こえるような昼下がり
雲は流れて止む時もなし

# 越後の戦火

# 北越の戦雲

越後長岡藩の家老河井継之助は　家老の家筋の出ではない
才能と勉学が時を得て　藩主の目にとまり　一挙に家老になった
幕末激動の時代に対処出来る者が　長岡藩にはいなかったのだ
長岡城は兜城と呼ばれるが　行政上の建物で戦闘の役には立たぬ

籠城不能なことを知っている河井は　戦争なんか　したくない
越の国に入った西の連合軍は約二万　これに対し東軍は二千
長岡はまだ奥羽越列藩同盟に入っていない　武装中立スイスが手本
だが「小千谷《おぢや》危《あぶ》なし！」の報が入る　ここが落ちれば長岡だ

小千谷を守るのは水戸からの脱走兵　その他を入れて約五百
攻めるは長州の山県狂介北陸道参謀　同じく薩摩の黒田清隆
軍監は土佐の岩村精一郎で二十三歳　小千谷はすぐ西軍本陣
戦をしたくない河井は嘆願書を書き　その本陣へと持参する

恭順の実を見せるため　同行の従者は三人のみ
事前連絡はしていたのに　慈眼寺《じげんじ》の山門前で待たされた
やっと屋内に入れられると　河井だけ本堂に通される
暫くしてから岩村が現れ　床柱を背にして胡坐をかく
それなりの藩の家老四十二歳に対し　じつに傲慢無礼

だが河井は我慢して　藩のため縷々《るる》説明する
岩村は煩わしげに言う「要は官軍になるかならぬかぜよ」

そこで河井が徳川との関係などに触れると　岩村は怒鳴った
「錦旗が見えんのかよ　いまさら言うたら　いかんちゃ」
彼は立ち去ろうとする　河井がその裾にしがみつく
「お待ち下され　この嘆願書をご披見下され」
震える手で　嘆願書を捧げる河井
だが岩村は　くるりと背を向けた

## 砲声とどろく

さもあらばあれ賊の名を　甘受せん
河井継之助麾下の長岡軍　動き出すのは慶応四年五月十日
長岡の南方十五キロ　小千谷北方六キロの片貝《かたがい》に砲声が轟いた

「来だぞ　くらわしてやるべ」　会津の仕掛けか砲が火を噴く

だが旗色が悪くなる　兵数の差が大きすぎるのか
どうもおかしい「ちょっくら待ってくなんしょ」
「おい　あれを見さっしぇ」　山上に尾張の旗が翻っている
片貝の戦は敗北に終った　会津と長岡の連携が不十分だったのだ

奥羽列藩同盟に長岡藩が加わるのは　河井が開戦の覚悟を決めてからだ
その少しまえ　信濃川は百年来の氾濫を起こしている
渡河不能となったので　対岸に救援隊を送る予定だった西軍は作戦が狂い
地団駄踏んで悔しがる　東軍では会津と長岡がはじめて共同作戦をとった

雨が上がると西軍の攻撃が始まる　指揮は山県が執るらしい

「おぬしもいちょれ」　山県は奇兵隊以来の腹心時山直八に言う
山県は十二日に時山を伴い渡河して敵情を視察した　絶壁が気になる
「やちもねえ　とにかく攻め上るしか術《すべ》はなーが」　時山はぼやく
十三日の奇襲のさい時山は撃たれ　急な坂を転げ落ちて　果てた

## 長岡城に危機近し

長岡の牧野駿河守忠訓《ただくに》は　七万四千石
ただし家老に「傑物河井継之助あり」との噂
越後に入った西軍は　およそ二万
対する東軍は　たったの千四百

小千谷のあとは　長岡だろう
継之助は　天候も入れて策戦す

信濃川の洪水で　優位に立った東軍の
長岡軍は大砲を　会津は銃で援護して
共同で薩長土を　一度は追い払ってみたものの
兵と兵器の量は　如何ともしがたい差があった

継之助は　領民の生活にも気を配り
被害が少ないようにと　策略を練る
同盟間の連結を　密にすべく熟考し
戦えど落城　城主は会津へ避難さす

取られて取って　また取られ
有為転変《ういてんぺん》は世の習い　なれど
同盟せる小藩の　裏切り残念
おまけに継之助へ　流れ弾丸《だま》

左の中脛《なかすね》　弁慶の泣き所に当り激痛が走る
血が吹き出す　さあ　どうなる？

# 戦場は会津領へ

# 河井継之助の死

河井の治療は　まず長岡の藩医
だが戦場では　どうにもならぬ
河井が死ねば　長岡藩は崩れる
戸板へ乗せて　会津へ運ぼう
越後の山越え　只見の塩沢村に着く
ここの村医は　馬医者の矢沢宗益
どうやら誰か　手助けが要りそうだ

報せは会津に届く　長岡藩主が会津藩主に頼む
鶴ヶ城には幕府の典医　名医の松本良順がいた

さっそく彼は往診するが　いかんせん手遅れだ
それに宗益が相手では　格が違って連携不調

その頃会津城下では　激戦地からの負傷者が
診療所となった藩校の　日新館に集まっていた
ここでボランティア活動中の参斉に　頼母から
「河井継之助を診て欲しい」という連絡が入る

八月の暑さで　化膿はすすみ
敗血症になったのか　危篤状態
左脚切断という手も　ないではないが
継之助は拒否するし　もう駄目だろう

それでも参斉は　宗益に教えながら
最後まで　出来る限りのことはした
継之助は事後につき　あれこれ言い残す
八月十六日正午前逝去　参斉は　そっと去る
惜しき人　死して新たな　雲の峰

## 意識を変えよ

町の中を武装した修験者《しゅげんじゃ》が行く
神官や僧侶の群れもあった
力持ちたちによる力士隊も生まれ
義勇兵なのだ

幕末の不安は　民衆の意識に
なにがしかの変化を　もたらしたようだ
一部の農民が剣術への志向を見せたのも　その一つ
士農工商の壁に　罅《ひび》が入りだしたに違いない

だが東北地方はむしろ　変化は遅いほうだった
女性の戦場への進出を　頑固に拒む人もいた
現実には薙刀や鉄砲で　男性を凌ぐ者もいたのだが
それを認めようとせぬ　保守的な人が多かった

日本の着物に比べると　筒袖にダンブクロ・ズボンの洋装は
ずっと活動的ではあるが　これを嫌う者も少なくない

新選組の土方歳三が　頭髪をザンギリにして洋装で通ると
狙撃されかけたこともあったのだ

ヘンリー・スネル夫妻の住む西洋館も　異様な関心を呼ぶ
ヘンリーは会津の武器購入の取引先で　時には教師でもあった
彼は松平容保から「平松」という名と　刀や和服を貰っている
ヘンリーの奥さんは日本人だが　会津の西洋文化吸収は遅れ気味

## 決戦迫る

西軍による　会津攻略は着々進んだ
土佐の陣に　三春《みはる》の河野広中が来る

首鼠両端を　西軍側に向けた若者だ
奥羽越列藩同盟の　小藩は続々西に寝返る

薩摩の伊地知《いじち》正治は　陽動作戦をたてた
中山峠越え攻略だと　うまく見せかけた
小耳に挟んだ河野は　家老らに報告した
東軍の放った密偵も　これに引っ掛った

中通りから山脈を越え　会津盆地に入るには
およそ四つのルートがあった
まずは中山口《ぐち》から磐梯熱海《ばんだいあたみ》を通り　中山峠を越える
次は石筵《いしむしろ》口から母成《ぼなり》峠を越える道だが　難所だらけ
あとは勢至堂口と三斗小屋口だが　あまり使われない

東軍は　大鳥圭介が母成峠の要害・急坂を見て
「ここなら自分たちだけで守れる」と嘯く

それで石筵口は　大鳥隊と新選組が守るところとなり
主力は中山口に向かったが　西軍のほうは別動隊だけ
二十一日の早朝　西の大軍は石筵口に殺到した

峠越し　猪苗代湖の十六橋《じゅうろくきょう》　渡れば要地　あの鶴ヶ城

# 白虎隊悲歌

# 若者の出陣

少年隊たる白虎隊　藩侯守護の役なるも
藩境に西軍接近し　兵の援軍出せぬため
新発田《しばた》街道へ向け　戦闘のため八月二日
白虎一番寄合《よりあい》組隊　銃で武装し馳せ参ず

「いつになったら出撃するのだべ」
「早く命令が出ねえかな　弾丸《たま》が湿ってしまうべし」
「バカこけ　火縄じゃあんめえし」
「そんでも　あんまり濡れると発火しねえことがあるんだべ」
「そんだことねえ　あんまり馬鹿《おんずくね》えこと吐《こ》くなって」

少年たちは興奮していた
このままでは　やられてしまうのではないか

「待っていろ　遊撃隊のほうに聞いてくっがら」

「何を聞く？　必要があれば使いをやっがら」

「はあ　その　敵の様子を　知りたいのだげんじょも」

軍事奉行が命令を出したのは　その夜の遅くなってから
だが作戦は失敗　近代戦は　日進館で習った剣術とは違っていた

それにこの慶応四年の夏は暑かった　それが体を弱らせる
各所の敗報は鶴ヶ城に届き　同盟国間の義は失われてゆく

土方歳三はかなり早くから　会津の義に疑問を持っている
各地から来た浪人の中には　仙台に移ろうとする者もいた

## 白虎隊苦しむ

母成峠での敗戦で　西軍は会津領内に雪崩れ込む
若松鶴ヶ城に対し　亀ヶ城と呼ばれる猪苗代城は炎上する
会津軍は十六橋を　壊して逃げるつもりだったが
石造で頑丈なため　不完全破壊のまま撤退した
各所の連敗により　戦火が城下町に迫ってくる
白虎隊の編成は　士中・寄合・足軽を一番と二番に分割

このパターンは　玄武・青龍・朱雀《すざく》の諸隊でも同じだ
この期に及んでも　まだ格式がものをいう
白虎士中二番隊は　将来を嘱望された若者たち
石山虎之助は文学少年　有賀織之助は泳ぎの名手
医者の倅としては　鈴木源吉や石田和助がいる
白虎隊三百人の中でも　より抜きのエリート集団

十六橋が落ちたあと　薩摩は陣地を構築し
東軍は付近に散開して反撃の隙を窺う
塹壕を掘る白虎隊に　無情の雨が降りしきる
陽は暮れてゆく
それに　腹が減った
原田克吉《かつきち》ら四名が　うす暗い道を進み行き

味方の陣に辿り着く
「兵糧を分けてくなんしょ　朝から何も喰ってねえ」
「こっちも余分は　無《ね》えのだげんじょも」
「握り飯一つずつでも　腹の足しになるべし」
握り飯二つずつ貰ったけれど　漂うは敗戦の虚脱感

## 飯盛山の自刃

篠田儀三郎を指揮者とする白虎士中二番隊は
空腹と疲労と絶望感にさいなまれながら
暗夜の山中をさ迷い　不動滝まで辿り着く

山の中腹には　水落としの洞窟があるはずだった
尖った石が足の裏を傷つける　水苔《みずごけ》で足が滑る
闇の中で蝙蝠《こうもり》が飛び交い　蛇が巻き付く感じもあった
ようやく洞門から出ると昼　小雨ながらも明るかった
城は近いはず　城へ行こう

篠田ら十七名は　山腹伝いに
鶴ヶ城の見える　飯盛山《いいもりやま》まで登って行く
するとあの美しい城が　凄まじい火と煙に包まれていた
彼らはここで討議する　殿も家族もすでになし!?
討ち死にするか切腹か　既に力は尽きていた
彼らは静かに　刀を抜きはらう

幼時から身に着いた武士のならい

戊辰の年は　戦役多し
飯盛山に　布陣したる
自刃の屍《しかばね》　十余体ほど
これ紅顔の　白虎たち

白虎隊十九士自刃のさい　生き返った者が一人《ひとり》
飯沼貞吉の蘇生は　彼が微かな呼吸《いき》をしているのを
顔見知りの印出《いんで》ハツ（四十二歳）が発見し　助けたのだ
だが一人生き残った慙愧の念は　如何ばかりか

# 鶴ヶ城落つ

# 鉄砲と和平

上杉・伊達は援軍出さぬ　ならば籠城は死と同じ
わずかな助けは岐阜からの　郡上《ぐじょう》藩有志の凌霜隊《りょうそうたい》
薩長の新政府を嫌い　抗戦するのは他にもいたが
数は少なく会津藩の　兵士はどんどん死んでゆく

ここで目立った花一輪　絶望の城内を明るくする
射撃の名手山本八重《やえ》は　砲術指南・覚馬の妹にて
和製ジャンヌ・ダルクと後世呼ばれるほどの女
弘法筆を選ばずの例え　どの鉄砲でも必中の腕前
だが大砲が打ち込まれ　城がぐらついて穴が開《あ》く

その頃　城の奥深くで　密かに和平の相談が行なわれていた
少しでも戦力の残っている間に　和平の交渉をしようというのだ
いまさらそんな　交渉だなんて……太い眉毛が上下に動く
もともと和平論者の　頼母は怒った

頼母と仲の良かった参斉は　城外で負傷者の救護をしていた
東軍西軍の区別も　武士か町民かの差別もない

## おんな武者

たたかい利あらぬ戦場へ

娘子軍《じょうし》をば　引き連れて
馬上凛凛《りんりん》と　指揮をとる
その人の名は　中野竹子
薙刀は舞う　妖蝶のごと

正式に作られた隊ではない　自発的に集まったグループだ
中野竹子　妹優子　姉妹の母孝子　依田まき子　岡林さき子　水島菊子
のちに神保雪子も加わり　十六歳から四十四歳までの二十数名
奮戦するも流れ弾　竹子は重傷で妹に
頼む言葉は「介錯を！」

鬼畜薩長の好色の　毒牙にかけてなるものか
涙ながらに振るう太刀　だが切り足りぬ　なんとしょう

会津隊士の助けを借り　やっと切り取った姉の首
十六歳の優子も気丈　まだ血の滴る首を抱き
回向《えこう》のため法界寺へと　駆《か》ける　奔《はし》る

## 惨劇西郷頼母邸

あちこちで　女性の自刃続きおり
お城に近い屋敷でも　それは悲惨な地獄の図
西郷頼母の邸内では
姑の律子　母千重子　妹の眉寿子《みすこ》　由布子《ゆうこ》
娘の細布子《たえこ》　瀑布子《たきこ》　そして嬰児《えいじ》や幼子《おさなご》たち
さらに親戚も入れて　二十一人の集団自決

そこを巡視の西の兵
なんと無惨な戦《いくさ》かな　助けることは出来ぬのか
見ればどうやら味方を求め　微かに動く姫一人

嘘も方便　情けの虚言
土佐藩隊長か　赤しゃぐま
「味方じゃ　お味方　味方じゃきに」
安心さすべく　懸命の嘘
意が通じたか　若い娘《こ》は
隠し持ちたる短刀を　差し出《いだ》す
男は受け取り　一気に介錯
合掌したあと　耐え切れず
侘びつつ早々　その場を去る

地獄の鬼も　ともに泣け

## 降伏決定す

九月十五日　手代木《てしろぎ》直右衛門と秋月悌次郎《ていじろう》は
密かに城を出て乱戦の中を　土佐藩板垣退助に会う
米沢藩の手引きにより　降伏の申し入れを行なったのだ
薩長の　同意を得るのに　まる二日

米沢藩の使者が　降伏勧告に来た時
総督の佐川官兵衛は　怒って一蹴
彼は城外に討って出た　死ぬ覚悟

神出鬼没の総督　まこと獅子奮迅
城内は　血糊悪臭　地獄変
これ以上　犠牲出すなと　曼殊沙華

明治元年　九月二十一日朝
松平肥後守容保は　鶴ヶ城内に降伏の命を下す
白旗が掲げられたのは　二十二日の午前十時
落城時　生き残った男女は五千人

会津の苦衷　よく分かる藩も　ないではないが
長州は　会津憎しが　あらな残る

# 流《る》亡《ぼう》の魁《さきがけ》

## 戦後が動きだす

元会津中将松平容保《かたもり》が　謹慎先の妙国寺へ向かうと
沿道にひしめく西軍は　罵詈雑言《ばりぞうごん》して敗軍の将を辱める
降伏式に臨んだ西軍代表は　世にいう人斬り中村半次郎
文書が読めぬため　卒倒しそうだったとか

会津に同情して参戦した者も多い　旧幕府の歩兵奉行大鳥圭介や
土方歳三たち新選組や石州《せきしゅう》浜田の残兵　それに美濃の凌霜隊
彼らはそれぞれ去り行って　城内の片付けは女性たち
「会津の女子はだらしがねと　嗤《わら》われぬようしっぺ」と励ましあう

武器引き渡しを行なったのは　若い家老の山川大蔵《おおくら》と海老名《えびな》郡治《ぐんじ》
海老名はフランス留学中に　鳥羽伏見の敗戦を聞いて帰国した開明派
やはり開明派の山川は蟄居地へ行くまえに　主君に会えぬか訊く
薩摩男が頭を横に振りかけると　赤い「しゃぐま」を被った男が頷く
ありがたや　かたじけなし　半ばあきらめての願いであった
「ご尊名は？」と山川が尋ねると　「土佐藩隊長中島信之《なかじまのぶゆき》」と答え
家族は入城していたか問い返す　二人が「城へ入った」と告げれば
「そりゃよかったぜよ　自刃した女も多いきに」と呟く
西郷頼母邸での情けの介錯は　この中島隊長だったのだ

だがじつのところ山川は
新妻とせ子を失っていた
城内で負傷し死んだのだ

末の妹捨松は親戚の者が
引き取ったけど気に懸る
されど山川は口に出さぬ

## 腐臭の城下町

謹慎中の容保が　どんな思いで過ごしたか
誰にも分からぬ　暗闇だけど
山川と海老名が　城明け渡しが済んだと告げて
どうやら安堵の　風情はあった
領民は「殿様に不自由をかけてはなんねえ」と

食べ物を届けにやって来て　番兵たちと小競り合い
だが城下では強盗強姦　死体はそのままで異臭が漂う
この中で忙しく働いたのは　村医者の星野参斉

参斉の思想上の師は　江戸幕府中期の村医安藤昌益
鎖国論外・武士有害・公家無用にて農民こそ上位
天下人でも腑分けをすれば　無宿者とも変わらぬはずだと
おそろしくアナーキーな民主制を想定していた

占領地の治安対策としては　民政局が新設され
死体は「放置せよ」との命令なれど　息のある者もいはせぬか
「脈があるなら助けねばなんねべし」と　星野参斉は走り廻る
西軍の負傷兵も治療したせいか　民政局も彼にはあまい

あるいは大村益次郎が　医者時代の学友だったせいかもしれぬ
ともあれ　いざこざは長く続く

## 残務整理

会津藩士は　会津にゃおれぬ
いずれ他国へ　地の果てへ

藩士はそれぞれ　西軍諸藩へお預けとなった
戦後処理のため会津に残ったのは四十名ほど
その中の大庭恭平は　密偵として京都に潜入
さらには容保の怒りをかい　投獄された男だ

彼らは死体埋葬を民政局に願うも却下される
せめて白虎隊の遺骸をと　幾度も足を運ぶに
やっとこの件だけは　例外として認められた

その他の武士たちは　獣のように処理される
略奪は　徳川二百余年の恨みが重なっているらしい
関ヶ原以来の屈辱の　リンチの結果なのだろうか
それでも我慢せねばならぬ　会津武士

## 萱野《かやの》権兵衛扇子腹《せんすばら》

容保と意見対立で退けられた西郷頼母に替わり

筆頭家老となっていた萱野権兵衛が
全責任を負って切腹したのは　明治二年五月十八日
扇子を白布で包み　腹に当てると介錯するという形
屍は梟首されず　首と胴を繋ぎ合わせて納棺され
外面は荷物のように見せかけて　芝白金の興禅寺に運ばれた
僧十余人が出坐して　丁重な葬儀だったという

だが　星野参斉にしてみれば
トップは罰せられず　次の者が罪をかぶるという遣《や》り口《くち》は
許されぬことのように思われた　別の世界があるはずだ
軒菖蒲　武士道超えよ　上下なし

# 五稜郭の戦い

# 錦旗に逆らう

鶴ヶ城の開城降伏の一ヵ月まえ――
彰義隊の生き残りや旧幕府を慕う者三千五百人は
八隻の精鋭艦隊に分乗し　北の地を目指していた
品川沖を出発した榎本《えのもと》艦隊は　鹿島灘で嵐に遇い
咸臨丸と輸送船美賀保が遭難　数十人が波に消え
八月二十六日　やっと松島湾の寒風沢《さぶさわ》に辿り着く

仙台藩の抗戦派にも　講和への動きが見えだした頃だ
榎本武揚《たけあき》は救世主の如く迎えられ　抗戦派が強くなる
だが榎本には　ここで戦う気持ちはなかった

「修理がすんだら出航する予定」と彼は話す

新選組の土方歳三は会津を去り　九月二日に仙台へ着く
時代は明治に変わる頃だが　そも誰がための改元か
日本刀の時代が過ぎたことなら　鳥羽伏見以来分かっていた
さっさと断髪し　ラシャ地の洋服を着て反錦旗

同じく会津を去った大鳥圭介　同月十四日に仙台へ入る
彼は播州赤穂郡の医者の息子　適塾と江川塾で蘭語を学び
ジョン万次郎から英語を習い　幕臣になったが足軽程度
だが語学砲術医術のおかげで　開成所洋学の教授になった
フランス士官から実習も受けたが　大村益次郎ほどの才はない

# 函館を占拠

榎本艦隊が寒風沢を出帆したのは　慶応四年十月十二日
南部宮古湾に寄港して　蝦夷の様子を調べ上陸点を決める
旗艦「開陽」等に　あてどなく乗った三千余人は
故郷を失い　行方も知らぬ人の群れ

艦隊が現れたと聞くと　函館府知事清水谷公考《しみずだにきんなる》は青くなる
府庁舎は五稜郭と呼ばれる　星型の西欧的城郭内にあった
彼は港に兵を出して英仏の軍艦に　反乱者が来たと報せた
だが応援を頼む術《すべ》とてなく　そのうち艦隊から使者が来る

「戦うためではなく開拓のためにに来た」と告げたが
翌日は大鳥圭介と土方歳三が　数隊を率いて函館に進軍する
二十四日には全艦が内浦湾に揃って　府知事を威嚇した
公卿の清水谷知事はうろたえながら　夜襲せんとて兵を出す

フランスの　軍事顧問団も同乗す　榎本艦隊　作戦や如何

土方隊は五稜郭への途上　夜襲に遭うが問題にしない
白兵戦ならキャリアーが違う　ぱっと切り捨てさっと行く
五稜郭内は浮足立ち　公考はそっと府庁舎を出て
プロシア船で単身脱走　上陸した榎本軍は次々と入城
十月二十五日のことだった

# 蝦夷共和国誕生

榎本軍が五稜郭に入城して五日後　横浜居留地英一番館では
公使たちが集まって　この反乱軍を認めるかどうか議論した
英仏蘭伊独（プロシア）で　長州と組んだ英は「ＮＯ！」
フランスはロッシュ公使が更迭され　後任はまだ不慣れ

蝦夷地を守る松前藩は　佐幕派から討幕派になった藩
彼らは榎本軍に刃向かったが　松前城はすぐ陥落
藩主徳広は館城《たてじょう》に逃れたが　これまた落城
もはや榎本軍の蝦夷占拠は　既定の事実

この間　榎本軍は松前藩士らに治療所を見せた
ここでは誰にでも　洋式の治療が行なわれている
「我らは蝦夷地開拓のために来た」　榎本が繰り返す
彼らには共和国家への志向もあった　そこで独立宣言だ

蝦夷共和国は　明治元年十二月十五日の創立
選挙による総裁は榎本武揚　その他に大鳥や土方の名もあった
英仏の艦長が出したメモには局外中立と　事実上の政権
Authorities De Facto としては認定するという
共和国 Republic という言葉の使用は英国書記官で　あとの話
当初から共和国として認めたわけではない

武力で蝦夷占領を考えたのは　東軍の残党たち

もともと榎本は　独立戦争までは考えていなかった
武士だけによる共和国は　存在しえないだろう
じっさい榎本政権は　短い光芒を残すのみ

# うたかたの国

# 函館の虚実

函館の五稜郭を占拠して　東京の新政府とは別の政府を作る
それが蝦夷地に渡った人々の目標だったが　一枚岩ではない
榎本武揚や大鳥圭介は外国通で　会津藩士や旧幕軍は日本的
批判はあっても武士道は　伝統の上に咲いた花

反撃し　松前城を落とした政府軍は
蝦夷地奪回の　橋頭保を築いた
これに対し　会津藩公用人だった小野権之丞は
函館の病院で　高松凌雲の助手兼事務長として
敵味方の区別なく　傷病者の世話をする

凌雲は慶応三年　徳川秋武のパリ万国博出席に付き添った
すでに名のある御典医だったが　単なるお付きでは満足出来ず
オテル・ディユ病院で外科学を習得し　民主主義を体験
江戸城内の陳腐な制度に辟易《へきえき》しつつも　反新政府軍に身を投じた
その凌雲の病院には　参斉も働いている

頼母も函館にいたが入城せず　武家崩れの町人たちと談じていた
西軍が江戸へと東進したさい　幕府陸軍が箱根の嶮で迎え撃ち
沖の榎本艦隊がこの陸軍を援護射撃すれば　勝機はあったはず
長岡戦争の時も新潟港から支援してくれれば　独立国を作れたかも
それをしなかったのは　別の思惑？

# 異説・土方の死

幕末・明治の列伝中に　ひときわ興味を引く土方歳三
多摩豪農の家に生まれ　丁稚奉公で商人の基本を修め
すでに新選組入局まえに　『豊玉発句集』を残した文人
抜群の剣客にて軍略家　「武士以上に武士らしき」漢《おとこ》

鬼と呼ばれてきた彼は　函館では「仏《ほとけ》の土方」だった
港を拠点の商社を廻り　商人の如く大金を借り受ける
強請《ゆす》ったわけじゃなく　反錦旗国の理想を説いたのだ

事態がうまくゆかぬ時　榎本は蝦夷共和国を

新政府への手土産とし　なんとか生き延びる予定らしい
それに気付いた土方は　五稜郭の落城も間近と判断した時
抜刀隊を作り斬り込み　「武士らしく死んだ」というが真《まこと》か？

最高に柔軟な頭をもち　刀の時代は過去だと知る彼が
斬合いなどで死ぬものか　意外な場所から撃たれたのだ
新政府軍への投降時に　徹底抗戦の土方がいたら都合がわるい
もしかすると彼の死も　榎本の手土産になったのかも……

## 外人兵去る

そもそも幕府陸軍を　近代化したのはフランスだ

徳川慶喜が江戸開城を考えた時　ロッシュ公使は徹底抗戦を進言
大英帝国と結託した薩長が　錦旗を担ぎ帝政をしくなら
フランス風の　自由平等博愛をスローガンという手もあるだろう
第三共和制の直前　慶喜はこの案を蹴り　軍人には帰国の命が下る

ところが東軍ファンの　ブリューネ砲兵大尉とカズヌーフ伍長は
騎士道における義によって　舞踏会の夜に脱走して榎本艦隊に投じた
さらに仙台から　フォルタン　マルラン　ビュフィエーの三名が加わる
函館には　フランス海軍の実習生が待っていたともいう

土方にはビュフィエーが同行　大鳥はマルランとフォルタン
ブリューネは旗艦で　総指揮の相談にのる役がついていたが
前線でスケッチがしたい　それで後続隊と一緒に仲間を追う

この編成で政府軍と戦ったが　戦況は徐々に悪化していった
カズヌーフ伍長も傷ついた　ブリューネ大尉にも迷いが生じる
騎士道と武士道とは違うのだ　榎本総裁はそれに気付いていた
彼は降伏の十数日まえ　函館港に停泊中のフランス船へ彼らを逃がした
「アデュー　サムライ……」ブリューネの目に涙が光る

## 武揚死せず

榎本軍の中には　旧幕閣を牛耳ったほどの者も数名いた
彼らは比較的軽い処分で済んだが　榎本は投獄される
彼の処遇については　意見が分かれて議論が続いた

土佐は結論を出さなかったが　長州の連中は死刑を言い張る
清濁併せ呑むことの出来る西郷隆盛は　ぼそぼそと告げた
「死刑よりは生かして活用するほうが　国家のためになりもそ」
長州がなおも死刑を主張すると　武揚討伐の指揮をとった黒田清隆が吼えた
「どげんしてでん榎本ば死刑ちゅうなら　そんまえに　おいば斬れ！」

榎本武揚の読みは当っていた
彼は蝦夷共和国を　自分を大きく見せるために使ったのだ
二年半の牢屋暮らしのあと　新政府の仲間に迎えられた
北海道開拓使から大臣を歴任　ついに子爵となる

# 不毛の大地

# ぬか喜び

禍福は糾《あざな》える縄の如く――
名目上隠居の容保《かたもり》に男子が出生　慶三郎のちの容大《かたひろ》公で
これにより家名再興となったが　お国替えが待っていた
明治二年十二月　生後五ヵ月になったばかりの
容保の子の容大を藩主として　三万石の斗南《となみ》藩が誕生

盛岡は二十万石が十三万石だから　我慢出来そうだが
仙台伊達家の　六十二万石から二十八万石はきびしい
会津松平家の二十八万石が三万石では　死罪にちかい
それでも我慢せねばならないのは　敗者の定め

明治三年二月　新政府兵部省の通達で宥免《ゆうめん》された
松平容保の元家来は千五百八十二人　これで藩務を司る
慶三郎が名目上の藩主　大参事（主席家老）は大蔵を改めた山川浩
少参事（家老）は広沢安任　永岡久茂　倉沢平治右衛門の三名
大参事山川の人柄のせいか　運営はどことなく民主制に近い
さっそく新領地への移転が始まるが　予想以上の困難があった
気持の不安　経済という未知のもの

## 不安な国替《くにが》え

列藩同盟の頃名前は聞いたが　本州北端は未知の国

海のない会津の人から見れば　陸奥の斗南は限外の地
まず女たちが　不安を訴える
「どっちへ転んでも浮かばれねえのだ」
「北の果てには恐山《おそれざん》ちゅ　地獄があるちゅ話だ」

恐山は　下北半島の中央部にある活火山
カルデラ湖である宇曽利山湖の湖畔には
日本三大霊場の一つ　恐山菩提寺がある
おまけに斗南三万石は　七戸藩により南北に二分
男たちも　不安で興奮した

「あんなやつら　ぶっだ斬ってやるところでなし」
「やるのは　いつでも出来るべ」

「薩長の政府など叩き潰してやるべし」
「恨みは消えるものでねえ」

それでも船での移住が始まったものの　航路の途上で
一人の老婆が海に身を投げた　会津女の意地の果て
手足纏いにゃ　なりたくなかった

## 贋札《がんさつ》づくり

じっさい移住を始めてみると　移転費用がのしかかる
海路経由の移住者たちは　もっぱらアメリカの船が運ぶ
陸路の移住者は　目的地を野辺地《のへじ》と定め雪中歩行

津軽湾に面した漁港　会津戦争では一日だけの激戦地

廃墟の会津城下には　後始末の二十人ほどがいるばかり
民政局の圧制は続き　それ以外の者はすぐと処刑する
そこへ潜入したのは元会津武士　伴百悦《ばんひゃくえつ》は長岡戦争の時
太政官札《だじょうかんさつ》印刷機を分取っていた　それで贋札づくりを企てる

若松県庁が置かれたのは明治二年六月　民政局は廃止され
巡察使四条隆平が県知事で　越前出の久保村文四郎が断獄方
断罪自由の久保村は　贋札づくり等の疑いで片端から死刑執行
圧制で功を挙げた久保村が　会津若松を去るのは七月十二日
その日を狙い　若松城下の束松《たばねまつ》という
松が数本合わさったような形で生えた　奇勝のある場所で

久保村文四郎は見事　仕留められた
四名の刺客たちは　四散し流浪する
太政官札の発行は　明治二年五月までだったが
贋札は会津難民に　配られたらしい

## 函館に独立国なく

明治二年　まだ榎本らが五稜郭に立ち籠っていた頃
嘗ての筆頭家老西郷頼母父子は　函館にいた
武力占拠でなく　市民革命の独立国を念じ
星野参斉とともに　北海道移住者の世話をしていた

榎本の蝦夷共和国は　昔語りとなり
外国の公使館や　商館が立ち並び
面倒な伝統を排したが　自由市にもなれず
ただ　それだけだった

すべては　移り変わる
明治四年　廃藩置県のお達しで
斗南藩は斗南県　その他　名称変更は多かった
地の果てや　独立は夢　ただ吹雪

# 牧畜されど反逆も

# 逆ユートピア

斗南に移った武士のほとんどは　猪苗代《いなわしろ》と
越後高田《たかだ》藩へ預けられていた謹慎者
それまでに脱走していた者も　中に紛れ込んでいる
「斗南までは追って来ないべ　百姓も出来ねえ酷いどころだ」
「そだどころで　どして生きてゆぐだ」
「どうにかなるべし」
南の方はまだよかったが　下北半島は荒蕪地だった

斗南藩が斗南県になったあと　小さい県の合併が起こる
大参事の山川浩が将来を想い　弘前県への合併を策していた頃

贋札づくり七名が捕縛され　新政府は処分を斗南に任せた
山川としても　彼らを逃がすことは出来ぬ

七人中六人の斬首のあと　弘前県は青森県に改称されたが
生活は　ことのほか辛い　切ない
薩長土肥への　憎しみを抱き続ける大人と別に
東京と改名した　首都へ憧れる若者もいた
陸奥の斗南事情を訊かれたら　古墳時代のままと答えん

## 開牧社《かいぼくしゃ》ことはじめ

新生斗南藩は山川浩と　少参事広沢安任が基礎を作った

もう一人の少参事永岡久茂は　身分は中士で学力もあり
性格は豪放だが無軌道で　行政の中枢にいるのは向かぬ
広沢は軽格の出だから　下々の事情にも通じていた

幼少時の勉学はもとより　渉外で他藩士と交流して視野を拡げ
京都守護職当時の会津藩は　広沢の知識と行動力が必要不可欠
この頃出来た人脈は　明治になってからも大いに役に立つ
彼は以前からの開国論者　それ故に異人を雇い牧畜するにも違和感はない

年齢はすでに四十歳　不毛の地で農業を始めた多くの者が失敗し
斗南に見切りをつけ出て行く者の多い中　広沢は下北半島に残る
広沢は南部馬の歴史や生産を　手を尽くし調査研究しけり

英国人マンシロが南部馬を買いに来し時　広沢の知識に驚き協力を約す
相馬の馬が脳裡を駆けり　新政府に申したきこと山ほどあれど
陸奥の酪農は牛ならんと　広沢の脳裡に牛馬と官庁がよぎる

東北の山岳に　野馬奔《はし》れり
戊辰の戦犯は　諍冤《そうえん》を諌《いさ》め
帝政を嫌猜《けんさい》す　これ共和国
皇都に幻滅し　反覆《くりかえ》し論ず

侍をやめ生産者　彼は牧場開拓願書を青森県に提出
大久保利通と井上馨の名で　「開牧社」設立の許可が下りた
ところが　マンシロは資金を持っていない
それで　スコットランド生まれの農夫マキノンが仲間に入る

広沢は小県の合併に尽力しながら　独自に牧場を開く計画を進めた
最初は　斗南藩の政庁がある田名部付近にしたかったが
西洋式牧場の条件から　三沢に近い谷地頭《やちがしら》に決めた
農地としては活用しにくいが　牧草地や牧場にはなれそうなのだ
共和国は心の中に秘め　牧畜で生きてゆこうとする

## 新旧の胎動

薩長土肥に　憎悪を燃やす者は少なくなかった
新政府のやり方に対し　いち早く反対したのは雲井龍雄
父は軽格の米沢藩士だが　龍雄は秀才で詩人でもあった

米沢は途中から西軍側につき　鶴ヶ城明け渡しに尽力している
だが雲井龍雄こと小島守善は　新政府の欺瞞に気付き
反抗の狼煙《のろし》を上げる　この一味には西郷頼母の弟も

この旗揚げは失敗したが　必ずしも無駄ではなかった
斗南藩少参事の永岡久茂と　旧会津藩の密偵だった大庭恭平が
新政府への反乱という腹案を抱いて　広沢安任を訪れたのだ
もちろん広沢は　決起の相談には応じない
そこで二人は　山川大参事に話を持ち掛けるが
ここでも話は纏まらず　彼らは少数でもと決意する

明治九年十月下旬　東京の思案橋に集結中
永岡たちは逮捕され　思案橋事件と呼ばれる反乱は失敗

士族による反乱はその後も続くが　他方
山川の弟は勉学の旅に出た　長州軍参謀だった奥平謙輔の手引だ
末の妹の咲子は　数奇な運命を辿ろうとしていた
啓蟄や古きものまで蠢《うごめ》けど　新しき胎動はるかに太《ふと》し

# 雄飛と反抗

# 新天地ワカマツ

復讐だけが人生か　生まれた国を捨て去るか
「薩長の世界にいることはねえだべし」
「異国に会津の旗を立でるのだなし」
「汝《にし》たち　あだけんでね　気軽く行けるものでね」

明治二年の春　数十人の男女が会津若松を脱走
一団を率いたのはヘンリー・スネル　日本名は平松武兵衛
日本人の妻は病弱で　子守り少女「おけい」を雇っていた
ふとヘンリーが口にした　アメリカ開拓の夢物語が
藁にでも縋りたい会津人に　移住開拓団を作らせた

ゴールドラッシュが過ぎたあと　西部の町はゴーストタウン
十七歳のおけいは　ヘンリーの子をあやして馬車に揺られてゆく
歓迎はされなかったが興味の対象にはなり　新聞で報道されて
五月二十八日が入植の日付になる
「ここがわしらの会津だべし」
「そんだなし　ワカマツの町を作らねばだな」

彼らは昼も夜も働いた　だがヘンリーは騙されていた
コロマ村全体は高地だが　水利は悪くない
だのに　譲渡された数万エーカーは
原始林で　水利も悪かった

乾燥がはげしく冬の寒さも厳しい　日本人は去ってゆく
二人の男性と　おけいの三人は残った
男性の一人は大工を業として　黒人と結婚
おけいは熱病に罹り渡航二年後に死んだ　享年十九歳

## 神そして悪魔

日新館館長井深《いぶか》宅右衛門の長男梶之助は　神学校の生徒になる
「人間に変わりありません　同じ神の子です」が信条だが
井深元治と間違えられて　逮捕されかけた
のちには　日本キリスト教青年会同盟委員長

その井深元治は　伴百悦らと組んで久保村文史郎を斬り
神山大八と名を変えて　各地を転々
旧淀藩の教育係になったりしたが　密告され
司法権大判事玉乃世履《せいり》一味の拷問を受け　獄死した
その少しあと玉乃は　神田橋で暴漢に襲われている
金銭問題の民事訴訟でかすり傷だったが　打首だ

もっと後に岩倉具視も　赤坂喰違外《くいちがいそと》で数人に襲われた
板垣退助の下野を恨む　土佐の士族八人の反抗であり
傷は浅くとも全員捕縛され　除族の上斬罪という極刑
充分な裁判を行なわないままの処刑は　常態化していた
少し以前の近藤勇や　小栗上野介之介の時も
一言の弁明を聞くでもなしに　首を刎《は》ねている

無茶をするのは新政府　かつての西軍の常なのだ
長州軍の参謀だった奥平謙輔は　山県有朋（狂介）指揮下の長州兵の
越後から会津へかけての戦線において　醜悪な行動を目にしている
これが前原一誠らの　長州内部から起こった「萩の乱」に結びつくのだが
山県は金銭面でも　問題が多かった

## 山城屋和助

高杉晋作が健在な時　山県はまだ狂介と呼ばれていたが
高杉の死後は狂介が　奇兵隊の実権を握りだす
この頃隊内に野村三千三《みちぞう》という名の　ひどく目先の利く男がいた

民主主義にでもかぶれたのか　脱隊し商人となり再出発
危ない目にもあったけど　アクの強さか運なのか
長州軍が勝つにつれ　御用商人は大儲け
名前も山城屋和助と改めて　いわゆる政商然とした風情
明治になると横浜にて　生糸相場で　また儲け

背後には陸軍のトップ山県有朋　強いのは刀よりも金《かね》
公金横領ギリギリのあくどい商法で儲け　パリで豪遊
これを怪しんだパリ駐在公使の鮫島直信は　日本に照会
外務卿の副島《そえじま》種臣《たねおみ》は肥前藩士で　司法卿の江藤新平と親しい

山城屋の件を耳にした江藤は　小躍りして喜んだ

江藤は山県の長州独裁が憎い　山県嫌いは薩摩・土佐も同じ
木戸孝允や伊藤博文が外遊中なのも好都合　蹴落とすのは今だ！

危機を感じた山県は　すぐ山城屋を帰国させ
関係各所に手を廻して口封じ　対江藤の包囲網を築くとともに
すべての罪が山城屋こと野村三千三に向くよう　万全の手配
折しも生糸相場の大暴落　山城屋和助ただ呆然

さんざん金を出したのに　憎き狂介いまに見よ
奇兵隊士に戻った三千三　陸軍省に赴くや割腹自殺
政商の末路　血の海に……

# 内乱に諸相ありて

# 維新後にも内乱

維新後に哀れだったのは　奇兵隊の生き残りの脱隊騒動
そもそも長州藩を倒幕に向けたのは　奇兵隊
戊辰戦争の中核になって戦ったのも　奇兵隊
だが高杉晋作没後は山県が牛耳って　北越戦では軍監となり
そして戦後は　諸隊の整理をしようとした
これに怒った兵士千数百人が脱隊し　農民一揆と手を組んで反抗
藩は木戸孝允を中心にして　なんとか鎮圧したという次第

生みの親の高杉が存命なら　冷や飯を食わずに済んだかも
晋作の遠大なビジョンにあるのは　自由平等博愛じゃった

「なっちょらん　そがーなもんじゃあなかろうが」
正規軍かどうかは別にして　草莽《そうもう》の悲哀は感じなかったろうに

公武合体を推進し　薩長を同盟させた坂本龍馬が
最終的に考えたのは　東西両軍を統合した共和制国家
これはあまりの危険思想　それで尊王派の佐々木只三郎が斬った
晋作と龍馬が生きていたら　別の歴史が生じたかもしれぬが
娑婆では　不平士族の反乱が続く

山県一味の返り討ちで　野に下った江藤新平は
明治七年に佐賀の乱を起こすが　一週間で鎮圧される
明治九年十月二十四日には　旧肥後熊本藩の敬神党が
廃刀令に反対し神風連の乱を起こすが　翌日には平定された

同九年同月二十七日福岡県で秋月の乱があったが　約一ヵ月で終る
神風連や萩の乱に連動して同月二十八日に萩の乱が起こり
十一月五日に鎮圧されたが　そのあとにまた大戦争

## 抜刀隊と陸軍

度重なる乱戦の中にいても　まだ死ねなかった佐川官兵衛
警視庁の大警部になって機会を狙っていると　九州で不穏な空気
明治十年の西南戦争が始まると　佐川は抜刀隊を率いて出陣
三月十八日に銃を持たぬ百五十人が　斬り込みを敢行

つもる恨みの　この十年

抜刀隊員　意気高し
最大激戦地　田原坂《たばるざか》
五十人ずつ三組に分かれ
奔《はし》って斬りまくる　鬼官兵衛
だが無念　銃弾が胸部貫通

なお「抜刀隊」は外山正一作詞　シャルル・ルルーの作曲で
のちには大本営陸軍部発表時の　バックミュージックになる

さて家老山川大蔵から名を変えた山川浩は　別働第二旅団右翼隊長
籠城五十日の熊本城鎮台へ　舟を集めて浮橋を作り渡河作戦
城門前で「山川中佐なり　精鋭部隊続いて至る」と大音声
これにて戦況一転　西郷隆盛は自刃し　内戦は収束

## 悵恨《ちょうこん》の譜

西郷頼母と西郷隆盛は　遠い祖先が同じルートの出自
かつて慶応四年の鳥羽伏見の戦いのさい
京都で薩摩藩士に捕らえられた山本覚馬は　隆盛により救出された
この時　隆盛は覚馬から　頼母が平和論者であることを聞かされ
以後は秘かに頼母の身を守り　会津戦争のさいも無血開城を願ったのだ
明治十年の西南戦争では　二人の間に文通があったため
頼母にも　政府転覆謀議の疑いがかけられたが
彼に士族擁護の考えはなかった

松平容保は　日露戦争の起こる前年

明治二十六年師走　東京の小石川で死んだ
いまに残る徳川家は　容保の男系子孫の由

晩年の頼母は会津に帰り　参斉と会い回想録を書く
自刃した妻や娘が忘れられぬが　国破れ立ち上がるおんな花吹雪
鉄砲の名手山本八重は　同志社大学創立に尽力し
日清戦争の時には　日本赤十字から従軍
山川浩の妹咲子は　十一歳でアメリカ留学　ヴァッサー大学を首席で卒業
陸軍卿大山巌の後妻となり　鹿鳴館時代をリード

武士や殿様の嫌いな参斉は　共和制の夢を見続けた
西軍が「宮さま　宮さま　お馬のまえに」と歌い　錦旗を掲げて来るのなら
東軍は容保が孝明天皇から賜った　信任書簡の写しを配ればよい

「我こそ官軍」と『抜刀隊』式に歌い　ラッパ隊で進軍すれば勝てたかも
仙台藩のような反徳川もいたから　容保式「徳川への義」では纏まるまい
板垣退助は殺されかけた時　「板垣死すとも自由は死せず」と叫んだ
自由平等博愛なら　小藩や町人・農民にも浸透したかもしれぬし
大統領候補も　いろいろいたのに……

日露戦争の前年の春　西郷頼母は七十四歳で死亡
頼母を看取った六歳年上の参斉は　その後について記録はないが
大正・昭和・平成と続く　反政府・反戦の流れに
なんらかの影響を　残したかもしれない

跋詩　戊辰一五〇年

大藩会津が廃墟となり
人口密度の少ない小都市になり果てたのは
明治新政府の徹底的に会津を叩く姿勢が
続いていたからだと思われる

だがそれでも菓子屋とか　みそ田楽屋など
戊辰戦争の戦火を生きぬき　伝統の味を残した店も少なくない
新選組「斎藤一《はじめ》」の名を冠した　日本酒も新たに作られたが
何よりも記憶に残ったのは　戊辰《ぼしん》一五〇年という言葉

日本中が明治維新百五十年を記念した二〇一八年　平成三十年
会津若松だけでなく福島県だけでもなく　その近隣でも

「戊辰一五〇年」が使われ　戊辰戦争百五十年を記念する
各種イベントが開催された

一月二十七日　相馬市民会館で「相馬中村藩の戊辰戦争」に関し
歴史講演会が開かれ　同盟国軍としての働きにつき話があった
みやぎ会津会は同じ二十七日に　仙台でシンポジウムを開き
斗南藩として再出発した青森県の関係者も　これに参加

同月三十一日には　二本松市役所で会合が開かれ
記念事業のテーマが「信義~貫く想い　今~」に決まる
二十九日から五月末迄は　会津新選組記念館で特別展
「会津・薩摩と新選組」が行なわれ　資料約三百点の展示

鳥羽・伏見の戦いの激戦地　京都市伏見区内の妙教寺の境内には
東軍戦死者の招魂碑が建っており　毎年二月四日には法要を行なう
京都の会津墓地では　毎年六月に当時を回顧し
会津小鉄《こてつ》の名で知られた　京都の侠客の義挙も伝えている

会津戦争初期の要地たる白河市では　三月十七日に顕彰碑を除幕
七月十四日には　関係者が慰霊祭を催した

会津若松市では　鶴ヶ城が開城した九月二十二日に
記念式典を実施し　地域を一層発展させると宣言
同月二十三日には先人の「義」を伝えようと　会津藩公行列を
奥羽越列藩同盟に焦点を当て　所縁ある人々を登場させた

県立博物館などでは　当時を振り返る催しが相次いだものの
星野参斉が夢想したような　共和制構想の跡は見られないが
戊辰戦争を契機に　陸奥《みちのく》に共和国が生まれていたら
近代化は遅れ　大日本帝国の発展が不十分だったとしても
他面　大東亜戦争には至らなかったかもしれない
そうなれば　高級官僚で戦犯容疑の岸信介《のぶすけ》は登場せず
ヒロシマ・ナガサキの原爆投下も　なかったかもしれぬ

さらにいえば　戦後の虚構も佐藤栄作もなく
フクシマの原発事故も　起こらなかったかもしれない……

会津は反皇室に非ず　反長州閥だったのだ
幻影は　果てしなく　拡がる

# あとがき

「まえがき」で述べたように、初めは早乙女先生の労作『会津士魂』の詩的縮小版を作る予定でしたが、かなり違ったものになったようです。

歴史観の差と申しましょうか、早乙女先生が二十一巻すべてで会津の「義」を描かれたのに対し、私は戊辰戦争を契機として「陸奥の地に共和国が出現したら」という:if（仮定）を入れ、覆考してみました。

多くの歴史本や教科書は、薩長土肥の尊王攘夷派が会津や旗本等の佐幕開国派を破って維新の大業を成し遂げたと述べてきましたが、これには奇妙な点が多々あります。

浪士たちが京都で騒動を起こすので、治安維持を謀り皇居を護った会津が賊軍とされ、騒動を起こした長州が官軍になったこと。攘夷を唱えながら開国派の東軍よりも大量の新式武器を持っていた西軍は、裏では夷敵たる外人と取引していたことなど——とかく勝者の記録には嘘が入るものです。

ただし本作品も終りのほうには時系列の乱れがあります。発表年からすれば軍歌「抜刀隊」を戊辰戦争当時に使わせるのは無理ですし、当時の武士はもとより町人・農民に共和制を理解してもらうのも困難だったでしょう。

そこらを起点に共和国を造ってゆけばSFも創れるでしょうが、これをどう理解し活用するかは、読者諸氏の自由とさせて下さい。

なお、この作品を書くに当っては早乙女先生の大長篇の他に、題名については夏堀正元『幻の北海道共和国』、分離独立関係では東琢磨『ヒロシマ独立論』、高知新聞社編『時の方舟』(「高知県独立」を収載)、それから各地の方言の本、『福島民報』及び『福島民友』新聞、並びに本社広島の『中国新聞』などを参考にしました。ウェブサイトで確かめたところもあります。

その他、多くの著書や施設、ご支援頂いた人々にお礼申し上げます。

最後になりましたが、本書出版にさいしてお世話になった歴史春秋社の阿部隆一社長、編集部の植村圭子様や装丁装画の吉田利昭様に深甚な謝意を表し、擱筆させて頂きます。

【著者略歴】
天 瀬 裕 康（あませ・ひろやす）
本名：渡辺　晋（わたなべ・すすむ）
昭和6年11月　広島県呉市生まれ
昭和36年3月　岡山大学大学院医学研究科卒（医学博士）

【現在】
日本文藝家協会会員
日本ＳＦ作家クラブ会員
日本ペンクラブ会員
西広島ペンクラブ会員
脱原発文学者の会会員
漢詩・楓雅之朋の会会員
ＳＦ『イマジニア』会員
短歌雑誌『あすなろ』同人
短詩型ＳＦの会代表

**幻影陸奥共和国**

2020年7月15日　第1刷発行

著　者　天 瀬 裕 康
発行者　阿 部 隆 一
発行所　歴史春秋出版株式会社
〒965－0842
福島県会津若松市門田町中野大道東8－1
電話 0242（26）6567
印刷所　北日本印刷株式会社